Reliure serrée

Yf 6278

DISCOURS
PRÉLIMINAIRE
SUR
LA TRAGEDIE
DE BELISAIRE,
ANNONCÉE

Dans le *Mercure* du mois de *Juin dernier*
1729.

Où par occasion l'on éxamine la Tragedie
en général, ses routes & ses progrès.

Par MR BANIERES, *Comedien François.*

A PARIS,

Chez la Veuve de PIERRE RIBOU, ruë des Fossez,
vis-à-vis la Comedie Françoise, à l'Image S. Loüis.

M. DCC. XXIX.

Avec Approbation & Privilege du Roi.

DISCOURS
PRÉLIMINAIRE
SUR
LA TRAGEDIE
DE BELISAIRE.

’EST ne connoître, ni le Public,
ni ses interêts, que de livrer à la
fortune un Ouvrage, qui quelquefois nous coûtera un travail immen-
se, & qui ne paroîtra médiocre, que parce
qu'il est naturel ; quoique dans le fond il y
ait lieu au Proverbe :

  Sudet multum, frustraque laboret

             Horat.

  Ausus idem.

Il est une destinée des Ouvrages d'esprit
       A ij

comme une deſtinée des Auteurs : C'eſt une
choſe bien terrible que le préjugé , & je pen-
ſe que la premiere choſe de celles qui reſtent
à faire à un homme, qui dans le Cabinet a
travaillé pour la gloire , eſt d'aller au devant
de ce préjugé , afin de mettre le Public dans
le point de vûë qu'il ſouhaite. Ce Juge inexorable,& qui s'attribuë l'infaillibilité,ne revient
gueres de ſes premieres opinions ; mais il ſouf-
fre qu'on l'inſtruiſe avant que de lui demander ſes avis : s'il les a une fois donnez ; c'eſt
comme le tems , tous les regrets , toutes les
Apologies ne le feroient pas revenir; car il ne
peut ſupporter qu'on le corrige , s'il conſent
qu'on le prépare dans des Préfaces ſur leſ-
quelles la raillerie d'un mauvais Plaiſant s'e-
xerce plus par humeur que par raiſon ; mau-
vaiſe plaiſanterie du reſte , qui ne m'empê-
chera pas de me ſervir ici d'un droit qui n'a
été refuſé à perſonne.

Je diſtingue le Public qui regarde les Auteurs en trois claſſes differentes en nombre
& en poids. La premiere , & la plus nom-
breuſe , eſt de ceux qui n'entendent rien aux
Ouvrages d'eſprit ; aveugles nez & deſtinez
à payer un tribut éternel à l'ignorance , ſots
admirateurs du médiocre , & qui n'ont même pas aſſez de diſcernement pour diſtinguer

le vrai du faux. C'est dans ce rang que je place un nombre infini de Provinciaux, de nouveaux échappez du College, de vieux Pédans dont la terre fourmille, & qui composent ce qu'on appelle le Vulgaire; ceux-là me dispenseront, s'il leur plaît, du martyre de les entendre, & de la peine de leur répondre.

La seconde classe est plus tyrannique; placée entre ceux qui n'ont aucun discernement, & ceux qui sont d'un goût approchant du parfait, elle incommode la Societé de ses disputes, & de ses repliques; servile Panegyriste des préceptes vagues, & qu'elle retrecit dans sa conception timide : le nouveau lui paroît du Phœbus, les hardiesses des téméritez, le contraire à son éducation un caractere étrange, Grecs & Romains, tout doit s'accommoder au génie François; Jugurtha, Fabius, Pénélope, Mariamne, la Reine des Massagetes, doivent quitter leurs caracteres pour prendre les nôtres; ou ils n'approuveront pas celui qui les fait revivre. Je plains ceux qui sont dans leur parti, & ne puis me consoler que la France ait vû prévaloir un goût qu'il faudroit laisser à l'Opera; mais comme ils méritent d'être instruits par les dispositions naturelles qu'ils ont de voir

A iij

le vrai ; je compte qu'ils m'auront de l'obli-
gation, si je puis leur défiller les yeux sur bien
des choses.

Mon dessein n'est pas de rechercher dans
l'antiquité quelles Villes ont donné la naissance ou l'accroissement à la Tragedie, quels
Auteurs ont commencé, continué ou perfe-
ctionné ce genre de Poëme : je ne veux pas
non plus le rechercher pour notre France ;
mille croyent déja l'avoir bien établi, ces
systêmes historiques sont trop longs pour un
homme de si peu de loisir, & qui n'aime
qu'une étude d'où puisse naître quelqu'utili-
té.

Je veux encore moins mettre les Auteurs
qui ont travaillé sur le même sujet dans une
balance, où le point d'appui ne seroit peut-
être pas assez ferme ; je n'examinerai point
si la Médée de Buchanan est meilleure que
celle d'Euripide, celle de Corneille meilleure que celle de Buchanan, & celle de Lon-
gepierre meilleure que celle de Corneille ;
si l'Oedipe de Sophocle est moindre que celui de Séneque, celui-ci inferieur à celui de
Corneille, ou si le dernier est effacé par celui de M. Voltaire ; chez qui le dernier Roi
des Juifs a trouvé des couleurs plus naturelles, si c'est chez l'Auteur du dernier Oe-

dipe, chez M. l'Abbé Nadal, chez Triſtan,
chez la Calprenede, ou chez le Poëte Ecoſ-
fois ; quoiqu'il en foit, lorſqu'il s'agira du
même ſujet, je ne veux peſer ni Euripide,
ni Sophocle, ni Séneque, ni Eraſme, ni
Heinſius, ni le Cordelier défroqué ; j'ai bien
affez de nos modernes François, encore ne
veux-je point examiner, ſi Rotrou inventoit
mieux que du Ryer ne traduiſoit, ſi Quinault étoit plus heureux & fécond, que la
Foffe & Pradon n'avoient du malheur, & ſi
Bourfault donnoit auffi véritablement fes propres Piec s que la Thuillerie celles du Pere
la Ruë, & Campiſtron les Scenes de la Cha-
pelle & de Baron pour les ſiennes ; c'eſt un
labyrinthe, ou plutôt un chaos, où je ne veux
pas m'embaraffer ; je veux chercher la Tragedie dans les vûës des Philoſophes, & non
dans une bande de Pélerins ou de Bâteleurs,
& cela pour l'inſtruction de ceux qui ne font
ni affez ignorans pour être dédaignez, ni affez
ſçavans pour avoir le droit de dire leur avis.

Qu'ils ſçachent donc que la Tragedie,
dans l'intention des premiers Sages, & dans
le goût de ceux que j'appelle la troiſiéme
claffe, au ſeul Jugement de laquelle je veux
fouſcrire, a été donnée du ciel à la terre,
pour corriger les hommes, ou pour les ren-

A iiij

dre meilleurs, en leur faisant haïr, ou aimer dans des personnages étrangers, les vices qu'ils doivent détester, ou les vertus qu'ils doivent acquerir.

Or ce seroit s'écarter visiblement d'une intention si sublime que de rimer un Roman frivole, pour peindre à traits recherchez des foiblesses dont la raison méprise le faux titre ; & véritablement c'est donner lieu aux ennemis du Théâtre de proscrire le Spectacle qui dégénere de la pureté de son origine, & de l'envelopper dans la condamnation des anciennes infamies, ou des cruautez des Gladiateurs.

Si l'on m'offre Cléopâtre, que ce ne soit que pour faire périr une malheureuse dont la fatale beauté trouble l'Univers ; si Griselide, bien differente, est jamais trouvée digne de paroître sur la Scene ; que ce soit pour montrer le mérite, & le triomphe admirable d'une Epouse injustement opprimée ; que Séjan & Stylicon y soient peints comme des monstres d'ambition, & d'infidelité à leur Prince ; que Tiridate qui brûle pour sa Sœur; que Phedre qui aime le fils de Thésée, Oenone qui accuse Hyppolite, & Narcisse qui corrompt Néron, ne me soient exposez que pour me les faire haïr, & surtout

qu'on n'altere jamais les caracteres ; fi l'on
ne veut que je donne aux Perſonnages con-
trefaits les noms modernes de nos Paladins.

Les Peintres & les Poëtes ont, à cela près,
la licence de repreſenter dans un ſeul Tableau une action dont on peut voir, en même lieu, & dans vingt-quatre heures le commencement & la fin, entre leſquels il n'y a
point d'interruption qui détourne de l'idée
principale ; & rangeant les évenemens comme bon lui ſemble ; qu'importe que le Poëte
change les circonſtances, s'il amene au but
qu'il s'eſt propoſé, par des chemins où le
Spectateur puiſſe faire des réflexions utiles.

Que le trouble ſurtout croiſſant de Scene en Scene   Deſpreaux
A ſon comble arrivé ſe débroüille ſans peine.

Je ne ſçai point d'autre cauſe de la réüſſite
des Pieces que l'execution de ce précepte,
qui s'étend même ſur le Théâtre Comique.
Les Ménechmes, le Tartuffe, Timon, la
Surpriſe de l'Amour, & Scapin, qui malgré ſon
infinie diſtance du Miſantrope, ne déſempa-
rera jamais du Théâtre, ſont une preuve
que l'eſprit n'aime rien tant que de voir à la
fin un dénoüement bien entendu, & qui le
ſatisfaſſe ; tâchons de juſtifier en moi les maximes tracées, voyons ce que j'ai adopté de

l'Hiſtoire , & ce que j'ai accommodé à ma
maniere de conçevo'r : ceci épargnera bien
du travail aux Maîtres de l'Art , & bien des
mépriſes aux eſprits novices , & premiere-
ment voyons les caracteres des Perſonnages
que je fais revivre.

L'Empereur Juſtinien , celui-là même qui
donna de ſi belles Loix au Peuple Romain ,
cet homme de qui la ſageſſe eſt encore l'ora-
cle ſuivi de toutes les Nations polies , ne ſou-
tint pas juſqu'au bout l'opinion que l'Univers avoit conçûë de lui ; il fut d'abord l'or-
nement de la Societé & l'appui de l'Egliſe ,
fit ceſſer les perſecutions du parti d'Anaſtaſe
ſon prédéceſſeur contre les Catholiques , mé-
rita ſes premieres proſperitez par les jeûnes ,
& les prieres , vécut moins en Empereu.
qu'en Anachorete , s'épuiſa en liberalitez ſur
les Tombeaux des Martirs , & remit l'Empire à ce haut point de gloire qui le fit admirer
ſous les premiers Céſars. Que cet Empereur
eût laiſſé un bel exemple à la poſterité s'il ne
ſe fût entêté de l'erreur d'Eutychès , & fait
Chef de l'héréſie des Monothelites ! Son eſprit baiſſa beaucoup dans la vieilleſſe , fut
ſujet à des ſoupçons , & à des terreurs indignes d'un Légiſlateur ſi puiſſant ; il ſe rendit
à ſon naturel ſanguinaire & fourbe , dit plus

de belles paroles qu'il ne fit de bonnes actions, fut avare & inconstant, autant qu'il avoit été liberal & ferme, enfin il contraignit les uns de quitter la Cour, & les autres de conspirer contre lui ; mais soit prudence ou bonheur, il mourut de mort naturelle & aussi paisible qu'Auguste.

Bélisaire un des plus grands, & des plus heureux Généraux dont il soit fait mention dans l'histoire Romaine, vivoit sous cet Empereur, en affermit l'Empire ou vengea les querelles, il vainquit les Perses & les Vandales, reprit Rome sur Totila, chassa les Huns des portes de Constantinople, prit Ravenne où Vitige Roi des Goths s'étoit réfugié ; il l'envoya demander pardon à Justinien qui depuis le fit Patrice, amena captifs les Rois Gilimer & Hunneric, refusa la Couronne que trois autres Rois lui offroient avec une Armée de cinq cent mille hommes. Les Auteurs en parlent comme d'un excellent Capitaine, d'un homme sincere, vertueux, attaché à son Prince, aimé du peuple à cause de son affabilité, adoré de l'Imperatrice Théodora, & éperdûëment amoureux de sa femme.

Plotine, qui est celle que je prends ici pour son Epouse, quoique ce ne soit peut-être pas fon nom , étoit une femme d'une fidelité fans exemple , fiere , fpirituelle , qui fentoit fon illuftre origine , & qui traita le Pape Silverius d'une maniere qui me fait penfer qu'elle étoit Payenne. La diverfité de Religion n'empêchoit pas le mariage de ce tems-là. Clovis vers le même tems avoit une femme Chrétienne , lui étant encore dans l'idolâtrie.

Tribonien étoit Payen , il étoit très-fçavant , plein d'efprit , extrêmement hardi , & avoit pris un tel afcendant fur l'efprit de Juftinien , que le peuple qui le fçavoit , faifoit tomber fur lui la caufe de tout ce qui arrivoit. De plus , il étoit Maître du Sacré Palais , & un peu parent de l'Imperatrice Théodora , femme altiere , dont les violences éclaterent contre Narfès , & s'exercerent par le moyen de Bélifaire qu'elle aimoit. Elle força ce Général de dépofer le Pape Silverius, & quoique Bélifaire fît à regret une action fi indigne à l'égard d'un Vicaire de Jefus-Chrift , cela n'empêcha point que le Ciel ne l'en punît , en permettant que Juftinien fût affez ingrat , & affez inhumain , pour lui faire crever les yeux. Les Hiftoriens Ecclefiaftiques , qui déplorent le malheur de Bélifaire , font obligez de recourir à la permif-

fion divine pour fortir le Lecteur de l'indi-
gnation que l'hiftoire d'une telle ingratude
fait concevoir contre Juftinien : mais toutes
les réflexions du monde ne lui ôteront jamais
une tache fi noire , & n'empêcheront de
plaindre Bélifaire demandant l'aumône dans
les ruës de Conftantinople , & reconnu innocent un an après. Je compte (fi c'eft mon
tour de faire des réflexions) que ce crime fut
en partie la caufe de la décadence de l'Empire , & qu'il falloit renverfer le trône des
Céfars, qui avoit fi bien trouvé l'art de changer en monftres de cruauté ceux qu'on y éle-
voit.

Les autres Perfonnages font inventez ou
pour la néceffité ou pour la pompe du Poëme
Dramatique. J'ai voulu jetter fur Juftin tout
l'indigne du procedé de Juftinien , qui dans
le préjugé commun eft crû conforme à l'é-
quité de fes loix. Je le feins engagé dans une
paffion qui aveugle les Saints , & qui malgré
la Religion , triomphe des cœurs les plus
éprouvez. S'il falloit une intrigue fur la Scene , je n'en ai pû imaginer d'autre que de donner à ma Plotine le caractere de la Pénélope
d'Homere ; & parce que la pathetique de
l'Enfant de Régulus m'a paru faire un grand
effet , j'ai introduit le jeune Bélifaire , pour

rendre ma Piece plus interessante. Ces caracteres sont du goût ; il suffit que les événemens soient vraisemblables pour arrêter toute
critique sur ce point.

Pour ce qui est du choix de mon sujet , &
de la conduite de mon Ouvrage , je dirai
naturellement ce qui m'a déterminé , & le
chemin que j'ai tenu. J'ai remarqué que le
Théâtre avoit presque épuisé toutes les situa-
tions , & peint le cœur humain, foible, amoureux , fier , vertueux , superbe , tyrannique,
aveuglé , vindicatif , héroïque , fourbe , re-
ligieux , impie , politique ; en un mot , le
contraste le mieux entendu de differentes
passions , a fait la réüssite des Pieces ; mais il
regne je ne sçai quelle esclave imitation dans
les Auteurs : je suis surpris de la timidité
des plumes Françoises , toujours des Confidens & des Confidentes, ne fût-ce que dans des
Pieces d'un Acte , par tout des Rivaux ou des
Rivalles, des reconnoissances , des expositions,
ou troplongues ou répétées, & bien d'autres ressources usées, qui n'ont ni grace, ni dequoi ré-
veiller le Spectateur. Un amas de Vers pompeux peut n'être qu'une rapsodie , quatre ou
cinq cent hélas, les mots fréquens de Ciel,
de Seigneur , de Dieux , de Madame , les
confidences & les complimens, qui n'ont rien

de bien lié à la cataftrophe, étant ôtez de la plûpart des Tragedies, il ne reftera qu'une miferable idée de Piece. J'aime une action qui commence dès le premier Acte, des événemens inefperez, que les faits tiennent lieu de ces narrations ennuyeufes, qu'on en retranche toutes ces hiftoires, qui ne doivent pas avoir bientôt leur effet, & produire fur le Spectateur quelque chofe de prompt; qu'on m'offre des portraits, des fentimens; que mon efprit toujours flottant jufqu'à la fin ne découvre pas facilement l'art du Poëte; mais qu'on banniffe furtout les écarts de Pindare de ce difcours libre : j'aime mieux un bon trivial qu'un fublimé trop enflé; car malgré tous nos préjugez, & les déclamations des Réthoriciens, les Héros font hommes, & les hommes font capables du grand.

J'ai choifi Bélifaire, par préférence des tems, afin de pouvoir me faifir du pathetique des deux Religions, qui partageoient alors la terre. L'homme & le Chrétien méritent tous les deux de paroître; les vertus morales & les Chrétiennes donnent des fpectacles à propofer. J'ai tâché de faire joüer un grand rôle à l'amitié, à la fidelité conjugale & à l'amour paternel; en un mot, j'ai étudié la nature, que le caprice d'un Rimeur

compose à fa phantaifie : un jeune homme
doit parler en jeune homme, un enfant en
enfant, quoiqu'il y ait des jeunes gens qui
ont la malice de l'âge avancé, & des enfans
qui fentent le Héros ; néanmoins il faut qu'ils
faffent voir dans leur conduite quelque chofe
de leur nature, le jeune homme de la viva-
cité, & même un peu d'imprudence, & l'enfant de la naïveté foutenuë d'une éducation
noble.

Le malheur des Auteurs eft d'imiter les
bons Comediens. Ceux-ci pour bien reprefenter leur perfonnage, fe font une illufion
dans laquelle ils fe figurent qu'ils font dans
l'action ; ceux qui ont les fentimens de la nature tendre ou nobles, y font voir leur ten-
dreffe, ou la beauté de leur ame, furtout
s'ils ne joüent pas de copie ; car pour bien reprefenter il faut fentir, & pour fentir il faut
quelque habitude, cela eft inconteftable,
n'embraffât-on que des nüës comme Ixion,
ou des Statuës comme l'Amant de la Venus
de Praxitelle.

Les Auteurs fe font la même illufion en
compofant, & s'imaginent être ou Mithridate
ou Pompée, ou Céfar, ou Cléopâtre, ou
Agrippine, ou Bérénice ; & ceux qui ont
beaucoup d'efprit font comme les Comediens
qui

qui ont beaucoup de fouplesse , ils font des
tableaux qui passent à la faveur de leur art :
je leur pardonne de se faire des chimeres qui
les soutiennent ; qu'ils se proposent d'effacer
leurs modeles , à la bonne heure , pourvû
que le travail fini , ils sçachent se remettre
justement au point d'où ils sont partis , &
qu'ils laissent dire aux autres quel est celui où
ils sont arrivez ; mais si le caractere est marqué , est-ce dans l'illusion qu'il faut prendre
ses ressources ? Non sans doute , & ce n'est
que dans l'histoire des sujets qu'on traite ,
qu'il faut étudier leurs actions , l'esprit qui les
animoit , les circonstances , & les differens
dégrez de leurs passions , qui ne sent pas toujours des habitudes. Totila , cruel à ses ennemis , les traitoit comme ses enfans après les
avoir vaincus.

Les caracteres d'imagination font dans les
sujets marquez avec la même disproportion
qu'Agamemnon ou Oreste entre les mains du
Sieur Albert : comment un homme d'une
taille basse , & d'un ventre des plus énormes
pouvoit-il representer la fierté de l'aîné des
Atrides , ou l'air dégagé de son fils , que nous
sçavons être un des plus grands des Grecs ?
& certes la chose fut trouvée aussi mal placée que l'Andromaque dans le petit avorton

B

dont la bouche étoit auſſi fenduë que le nez
étoit plat.

Y a-t'il rien de plus révoltant que de voir
un monſtre de laideur oſer étaler ſa lugubre
figure , & prétendre nous faire croire qu'elle
eſt , Cléopâtre , Cornelie , Bérénice , Monime , ou quelqu'autre marquée par l'Hiſtoire
ou par le Poëte au ſceau de la beauté ? L'in-
ſupportable aſpect d'une Mégere nous feroit
perdre le plaiſir que le Spectacle doit procurer.   Comment le cœur pourroit-il s'intereſ-
ſer à ce qui fait le ſupplice des yeux ? Les talens ſont rares me direz-vous , & l'on doit ſe
contenter lorſqu'on les trouve dans les ſujets
quelques défigurez qu'ils puiſſent être. Certes c'eſt faire beaucoup d'honneur à la nature
que de lui reprocher tant de ſtérilité. Tou-
chons la corde véritable , & diſons que le plus
ſublime de tous lès Arts n'a point de bònne
Ecole , que l'inſuffiſance des Maîtres & l'or-
guëil des Diſciples nous laiſſe le ſpectacle d'u-
ne ignorance énórme dans la Chaire , au Bareau & ſur le Théâtre. Il y a peu de bons
Livres ſur l'art de parler en public , & de
cent mille téméraires qui s'y haſardent , preſ-
qu'aucun n'a entendu parler de Quintilien ,
de Ciceron , du Secours des Miroirs & de
l'Ombre , & n'a le moindre principe de Per-

spective & de Peinture ; cependant c'est une
vérité constante qu'un Comedien ne peut s'en
passer , & qu'il lui faut un goût de Peintre ,
de Poëte , d'Orateur & de Musicien , joint à
une connoissance de l'Histoire & de la Morale , dans l'un pour le geste & les attitudes ,
dans l'autre pour les traits qu'il faut frapper ,
dans celui-ci pour couler son sujet , repren-
dre à propos , occuper son silence même par
l'expression muette des passions que l'autre
Personnage doit exciter en lui , & dans le dernier pour ne point faire de faux accords dans
les changemens de ses tons ou dans le mariage des voix.

C'est là une partie des talens de M. Baron.
Jamais personne ne connut mieux la nécessité de tous ces goûts , & ne travailla plus sé-
rieusement à se les procurer. Il avoit raison
d'avoir une ambition si vaste ; la nature lui
avoit donné de l'esprit , de la voix & de la
figure. Ces trois qualitez ne s'acquierent point;
mais quand on les a , tout est aisé pour faire
un bon Comedien , si la docilité du Disciple
seconde le travail d'un bon Maître.

Cependant où trouvera-t'on un pareil courage, & par conséquent où esperer de réparer
une telle perte ? Dites-le moi lâches enfans
de la Paresse ; vous qui trop pleins d'un mé-

rite que vous n'eûtes jamais , ne voulez ni
travailler ni laisser travailler les autres ; qui
pour vous maintenir dans la primauté, n'ou-
vrez les bras qu'à ceux que vous croyez in-
capables de vous disputer jamais votre rang,
& vous armez à force ouverte contre ceux
qui n'ont point appris de brûler un encens
impie sur un Autel prophane ; quel sot empire que de regner sur des esclaves , & que
vous êtes à plaindre de tant de vanité.

 J'avouë cependant qu'il n'est pas toujours
possible , & même bienséant de représenter
son Personnage trait pour trait ; on ne trouve
point aisément des Thésées , des Lysima-
ques , des Titus , des Hercules , des Cléopâ-
tres & des Tullies ; il ne faudroit pas se crever un œil pour joüer Horatius Coclés ou
se mettre un emplâtre pour representer Phi-
lippe de Macedoine , ou le Héros de Cartha-
ge , se mettre une veruë au bout du nez pour
mieux ressembler à Ciceron , se faire un bras
plus court , ou une main plus longue que
l'autre pour joüer César ou Artaxerces , tenir
la tête couchée sur l'épaule pour contrefaire
Alexandre ; il faut que le Théâtre corrige les
défauts de l'Histoire ; mais qu'il n'ôte jamais
ou ne prête aux Personnages des qualitez
trop grandes : on riroit également de voir

Achille faire Therfite , qu'Efope déliberer
en Mithridate. Que la pure nature me foit
rappellée, & que moi Public je ne fois ni la
dupe de l'ambition , ni le joüet de la pareffe;
car fi j'entends une voix grêle dans le rôle de
Phocas ou de Don Juan , & que je n'entende
point celui qui joüe Manlius ou Pharafmane,
je fifle pour mes vingt fols.

Rendez-vous juftice Comediens & Auteurs , tout Pilote n'aborde pas à Corinthe,
& tout mortel n'eft pas né pour briller au
Théâtre. Que celui qui a la voix fépulchrale
fe réferve pour les vieillards , & que celui
dont le vifage ne dit rien , ou eft difpropor-
tionné à fa longue figure , fe retranche dans
le fubalterne, fi l'on peut trouver mieux pour
l'Héroïque & le Commandant ; & vous, qui
prétendez prendre Pégafe par affaut, confuf-
tez vos forces avant de marcher fur les traces des grands hommes ; faites des Madri-
gaux , des Sonnets, des Operas comiques ; &
quand vous aurez réuffi , demandez-vous à
vous-même ; n'y a-t'il rien de plus difficile
dans les Loix de Melpomene, & peut-on efperer de charmer la Cour , après avoir amufé
les Badaux des Foires , ou les Servantes du
Fauxbourg faint Germain? Sans cela vous rif-
quez de nous donner des Originaux de votre

B iij

ſtile ; je m'explique , car le mot de ſtile eſt peut-être le moins entendu de notre langue.

La longueur ou la brieveté des périodes a fait donner au diſcours les noms de diffus , ou de laconique ; Athenes & Sparte étoient diſtinguées par ces ſtiles , ainſi que par bien d'autres differences ; aujourd'hui la Chaire & le Bareau ſe diſtinguent ordinairement par là. Le majeſtueux adopte Athenes & le vif Lacedemone ; les uns ſe piquent abſolument de brieveté , & les autres de Ciceronianiſme ; les uns & les autres par la raiſon qu'ils s'en piquent , me paroiſſent ridicules ; la nature n'eſt ni laconique ni Athenienne , mais eſt l'une & l'autre dans l'occaſion , ſuivant le ſujet dont il s'agit : cela ſe ſent mieux qu'on ne peut l'exprimer. Or ce ridicule affecté , & qui rend les caractéres faux , eſt ce que j'appelle ſtile qu'il ne faudroit pas avoir.

L'abondance ou la difette des épithetes a caractériſé deux de nos Poëtes , l'un Lyrique & l'autre Tragique ; ſtile dans le premier , & preuve de grand maître dans le ſecond s'il ne l'affecte pas. Les comparaiſons étoient le Cheval de bataille du grand Homere , & les harangues celui de Tite-Live , ſtile que tout cela. Les Métamorphoſes d'Ovide me paroiſ-ſent ce qu'il y a de meilleur parmi les Romains pour l'esprit, & le grand art : mais cet Ovide si vif, si fécond, si ingenieux, a un je ne sçai quoi qui me fatigue ; il parle de lui & de sa Maîtresse à tout propos ; stile encore, aussibien que dans Horace avec ses légumes, & son vin de Falerne. Voulez-vous sçavoir quel est le vrai, écoutez la seule nature ; non pas la vôtre, qui n'est qu'un temperamment, ou tendre, ou brutal, ou pacifique, ou bilieux ; mais celle des sujets que vous traitez : ne consultez votre cœur qu'après l'avoir cité devant votre esprit ; c'est à ce dernier à vous fournir : sans cela, stile.

Si à tout moment vous parlez des Anciens & des Modernes, stile : si par tout vous me rappellez les Grecs & les Romains, stile encore : enfin, stile partout, ou vous parlerez pour parler seulement, & ou le soupçon de pédant vous tombera dessus.

Il est vrai que les deux Héros du Théâtre ont eu leur stile different ; mais je ne conviens pas que les beautez de l'un ayent manqué à l'autre, & leur stile n'est pas tout à fait ce que l'on prétend ; sçavoir, que l'un plus fier ait plus peint l'admirable, & que l'autre plus poli ait representé davantage le tendre. Je trouve du tendre dans le Cid, dans Rodogune, Polieucte, Cinna, les Horaces &

même dans Attila : je trouve du sublime dans
Alexandre , Mithridate , Britannicus , Bajazet & Athalie ; la différence n'est que dans
la maniere.

Or cette maniere se fait bientôt sentir.
Corneille independant & libre, s'éleve au-
dessus du Spectateur , & le force de le suivre ;
Racine plus compassé s'insinuë davantage , &
ménage plus son monde ; il entraîne douce-
ment , & se fait aimer ; Corneille ne se gêne
en rien , croit les paroles faites pour lui obéïr,
& en invente s'il lui plaît : voisin du plat dans
son trivial , il a fait rire quelquefois ; Racine
a conservé plus de dignité en se gênant un
peu dans l'élocution ; mais je sçai bien que si
Racine est tombé moins souvent dans le bas ,
Corneille en s'élevant a frappé le trait plus
parfaitement que l'autre , & que dans les applaudissemens le plus hardi a été le plus heureux comme plus original. Il seroit à souhai-
ter que quelqu'un aujourd'hui eût le goût de
Corneille. Racine dans ses imitateurs n'a fait
qu'un Campistron ; l'autre ne feroit-il rien
de mieux ? Décider que l'un peindroit les
hommes tels qu'ils sont , & l'autre tels qu'ils
devroient être , n'est-ce pas dire que celui-ci
travailleroit sur l'argile & celui-là sur l'or ?

Maudite soit la plume qui pour me repre-

fenter Annibal naturellement feroce & bar-
bare dans le métier de la guerre, viendra m'é-
taler précifément le portrait des vertus hé-
roïques du jeune Scipion, ou qui au lieu de
me faire voir un Tigre qui s'humanife au milieu des délices de Capouë, ofera réünir dans
le contrafte la magnificence de Lucullus, le
goût extraordinaire de Tigellin, & la poli-
teffe d'Othon, ou le délicat difcernement de
Pétrone.

Mauvais goût de College, que de raffem-
bler des épifodes innombrables, & d'écouter
ou la rime ou l'imagination, pour caracterifer
fes Perfonnages ; mauvais goût dans les Auteurs, qui copient leurs phrénétiques fyftê-
mes ; mauvais goût dans les admirateurs,
qui la bouche & les yeux ouverts d'une fotte
extafe, font aux Pradon la réputation Corneille ; & enfin mauvais goût du fiecle, qui
pourroit faire perdre dans la fuite l'idée des
caracteres originaux, fi par bonheur Burrhus,
Paulin, Phedre, Mithridate, Chimene, le
vieil Horace, Nicomede, Léontine, Pul-
cherie, Zénobie, Laodice, Rodelinde, Sal-
monée, Conftance, le Comte d'Effex, Pala-
mede, & quelque peu d'autres, ne préfer-
voient le monde de cette abolition.

Le farouche d'une Prude m'a toujours fait

rire dans la focieté, & je ne fçai pourquoi je
n'ai pas vû rire au Théâtre de pareils caracteres ; rien n'eft plus infipide que de voir une
femme fe couvrir de modeftie au moindre
mot d'amour. Y a-t'il de la coqueterie à répondre aux Amans dans le ftile qu'ils atta-
quent , & pour avoir de l'efprit ceffe-t'on d'a-
voir de la vertu ? J'ai voulu montrer une femme aimable par fon beau caractere ; une femme de Cour , délicate , fpirituelle , & qui
voit tranquillement ce qu'il y a de plus grand
foupirer à fes genoux : c'eft la Plotine que je
donne au Spectacle , & je me flatte que fi on
ne la trouve pas digne d'être imitée , du moins
fa vertu fe fera defirer des Maris jaloux.

Ce n'eft point une chofe nouvelle , que des
Rois ayent foupiré pour des femmes mariées,
& que cet amour ait coûté la vie aux objets
de leurs jaloufies. Le Roi Prophete eft un
exemple terrible des foibleffes humaines , &
j'avouë ici en paffant , que Nathan m'a donné l'idée de Dorothée , Perfonnage épifodi-
que qui étoit très-néceffaire pour mon def-
fein. La Parabole de la brebis enlevée n'a
rien de vrai , mais on l'admire : ne peut-on
faire des Paraboles que dans l'occafion ? Certes on rifqueroit trop fi l'on n'étoit Prophete ;
mais de hors l'occafion ne peut-on parler &

même inventer par des vûës très-fages ?

D'abord j'avois penſé de mettre Urie &
Berſabée ſur la Scene ; mais l'adultere me
parut ſi effroyable, que je n'en pùs longtems
ſupporter l'idée ; les objets étoient trop rebu-
tans, & la complice Berſabée me déplut ſi
fort, que d'avance je dis anathême à quicon-
que oſeroit en renouveller la mémoire. Il
n'y a rien que de ſalle dans toute cette action, & c'eſt à un autre genre de Docteurs
plus ſérieux d'en inſpirer l'horreur.

Pour écarter toutes ces ordures de mon
ſujet, j'ai préſenté une vraye Pénélope, qui
repouſſant avec eſprit les traits que lui por-
toient les deſirs coupables, & déguiſez ſous
le nom d'eſtime, de ſes deux Amans, Juſtin
& Juſtinien, trouve le moyen de ſe les atta-
cher par précaution pour les jours menacez
d'un Epoux, mais d'un Epoux abſent qu'elle
adore.

Ce caractere eſt auſſi difficile à repreſenter
que pénible à ſoutenir ; & s'il y a des Héroï-
nes, je croi ſans peine que de telles femmes
en méritent le nom par préférence à bien
d'autres. La vertu qui fait le plus de bruit
eſt très-ſouvent phariſaïque ; l'eau morte
cache les ſerpens ; Diane fut timide, & qui
avoit cauſé la métamorphoſe d'un Chaſſeur

galant , fut la proye d'un Berger stupide ;
Antiope hérissée pour le Souverain des Dieux,
favorisa un Satyre. L'équivoque plus rare-
ment doit être soupçonné dans ces femmes
dont la liberté honnête fait trouver leur com-
merce agreable. On ne trouvera point à re-
dire à cette cour de gens empressez , qui aiment à se rencontrer dans les Cercles où on
la respecte , tandis qu'avec raison de moin-
dres assiduitez auprès d'autres font parler le
Public , qui à cet égard ne se trompe gueres.

Il me falloit donner à ma Plotine un caractere dans lequel l'Histoire m'avoüe , & ôter
à un amour adultere dans le fond , la noir-
ceur & l'ordure d'un tel crime. Ni Justin , ni
Justinien n'en paroissent véritablement coupables ; l'un soupire d'une passion qui croît
malgré lui , l'autre semble plus haïr l'Epoux
qu'aimer la Femme ; s'il paroît quelque chose du crime , c'est l'emportement d'une passion aveugle , & qui n'est pas poursuivi ; tout
y est dans les bornes du respect que le Poëte
doit au Spectateur ; la foiblesse n'y est pas
poussée , & la vertu , poursuivie par deux Rivaux , n'y fait pas craindre pour elle ; elle
n'y est pas representée comme une proye timide entre deux Oiseaux de rapine qui se la
disputent , ce qui feroit un scandale de réfle-

xion ; mais comme un rocher ferme , dont l'inebranlable majefté fe rit des vains efforts des vagues qui le heurtent , & qui de rage femblent fe replier , & fe perdre dans leur impuiffance.

Il n'étoit qu'un feul moyen d'éviter le nau- frage d'un fujet fi délicat , qui étoit d'éloi- gner ce qui choque en David & en Berfabée; auffi m'en fuis-je éloigné par les caracteres : le malheur même de mon Héros doit paffer ici , plutôt pour l'effet de l'envie de Juftin , que de l'amour de Juftinien , qui d'abord ne le veut punir que d'avoir découvert une foi- bleffe , dont il n'y avoit que l'orgüeil qui dût rougir , puifque Bélifaire ne le rencontra à peu près , que dans la même fituation qu'Af- fuerus furprit Aman auprès de la belle Efther.

L'amour , avance pompeufement la criti- que , ne doit point paroître fur le Théâtre en des cœurs , ou pour des fujets que l'hymen a rangé fous fes loix , car cela révolte.

Je croi qu'il n'y a dans cette maxime qu'- une fpéculation de pédant. Il faut que je m'autorife ici de l'exemple avant de répondre à ce galimatias. Le plus moderne de nos Au- teurs Tragiques n'a point crû , que les fou- pirs de ceux qui n'étoient point rangez fous les loix de l'hymen , deshonoraffent celles qui

s'y trouvoient rangées. Jocaste aimée de Phi-
loctete, Mariamne de Varus, n'en perdent
rien de leur honneur ; au contraire cela leur
donne occasion de faire éclater leur vertu.
Les deux Corneilles n'ont pas été plus scrupu-
leux. Sévere dans Polieucte tombe en pa-
moison en apprenant le mariage de Pauline,
& ose bien l'entretenir de propos amoureux,
lui faisant une tentation des plus délicates,
par les plaintes dont elle sent son cœur dé-
chiré ; le Comte d'Essex est aussi fol de la
Duchesse de Suffolk que la Reine Elisabeth
est folle de lui : mais que dirons-nous de
Racine ? Néron Epoux d'Octavie fait enlever
Junie ; Roxane ayant des enfans d'Amurat
sollicite Bajazet quoique liée au Sultan ; Phedre après le retour de Thésée est jalouse d'A-
ricie. Que peut-on imaginer de plus hardi
pour le caractere de ceux que l'hymen a rangé sous ses loix ! Treve donc de pédanterie ;
Justin est libre n'étant point marié , Justinien
l'est aussi étant veuf , & il ne sert de rien
de dire qu'ils étoient Chrétiens : *Nitimur*
S. Greg. *in vetitum* , a dit un grand Pape ; l'amour ne
respecte pas la Religion ; c'est chez les Juifs
qu'on a vû un Amon , un Loth , un David,
un Salomon ; & tous les Oedipes, les Ptolo-
mées & les Agrippines , n'ont pas été avant
l'Empire de Constantin.

Mais je veux même qu'on ne trouve point
d'éxemple d'une intrigue auffi marquée que
celle que je represente. De quel droit me
croira-t'on indigne ou incapable de donner à
la poftérité l'exemple de quelque chofe d'o-
riginal , quoique contraire au goût du fiecle ?
La réputation ou le mérite fe donnent-ils de
la grace des hommes , ou bien s'acquierent-
ils du décret de la raifon ? Le goût de mode
paffe , mais le goût du vrai fubfiftera autant
que le monde. La maniere de concevoir de
deux ou trois beaux Efprits eft devenuë un
modele , & le Public qui forme fon goût fur
la lecture de leurs Ouvrages , cite les autres
à ceux-ci comme à la regle , n'examinant pas
fi leur regle eft générale ou unique. Brifons
le joug de ce honteux efclavage , & ne fai-
fons pas tant d'honneur à ceux qui nous ont
précédez , que de croire que leurs vûës ont
embraffé tout poffible , & leurs préceptes ou-
vert tout chemin à la gloire de l'efprit ; ils
ont été bien petits garçons dans leurs com-
mencemens , leurs Ecoliers en ont fait des
Idoles , que notre émulation doit brifer , ou
ne les encenfer que pour reconnoître leurs
défauts de plus près.

J'ai affez bonne opinion de nos Françoifes
pour efperer de trouver dans la vertu de

quelques-unes l'experience du triomphe de pareilles épreuves ; c'est à elles à décider du pénible & de l'héroïque. Quelle gloire pour moi , si leur goût pour Plotine justifie la noblesse de sa conduite , & m'enhardit à peindre dans leur sexe des talens dignes d'admiration , mais trop peu célébrez ! J'avouë franchement qu'une femme belle , & du caractere de celle que je represente , me tenteroit plus qu'une couronne ; & que dans mon bonheur je ne verrois rien de plus digne d'envie que mon fort ; qu'enfin pour me venger de ceux à qui elle ne plaira pas, je ne leur souhaite que le chagrin de me voir un jour au comble de ma félicité. Peut-être qu'en réfléchissant sur la difference de nos destins leurs remords me justifieront assez.

Qu'on ne soit donc pas surpris si j'ai donné en certains endroits une fierté galante à mon Héroïne ; la vertu , comme la grandeur d'ame prend quelquefois des couleurs differentes , & Nicomede n'est pas moins grand que Manlius ou Achille, quoiqu'il paroisse moins grave. La nature se retrouve dans le caractere moins guindé ; peut-être même le sublime ne se rencontre-t'il qu'alors.

Mais quand il seroit vrai que l'antiquité, qui dans ce genre n'a eu ni des Phidias , ni
des

des Apelles, nous auroit représenté la Tragedie comme une Nymphe aux traits majestueux, dont les larmes relevent encore les appas, & qui d'une voix touchante rappelle de sublimes évenemens, devant des peuples accourus au pied d'un rocher sourcilleux, d'où elle déclare ses malheurs ; y auroit-il de l'absurdité d'imaginer, que cette majestueuse Déesse descend quelquefois dans les plaines fleuries, pour y chercher le charme à des ennuis qui l'accablent ? Que là, prenant de nouvelles sources de plaire & d'interesser, elle s'assûre le seul tribut qu'elle est en droit de prétendre, je veux dire, des larmes, qui se joignent aux siennes ? Je pense que cela est permis, & est même une preuve de son grand art, en dépit de tous les Philosophes, qui pourroient s'accorder pour me la vouloir faire regarder comme l'Héraclite des Immortelles. Plus fort que leur entêtement, je me mocque d'une Philosophie qui employe un orage de larmes pour m'en arracher quelques-unes, où je dois trouver du plaisir.

Donnez-moi du relâche, & ne m'emportez pas toujours au sommet de vos Vers ampoulez, Poëtes qui briguez l'honneur & le prix du Théâtre ; je vous laisse pleurer seuls, si vous voulez changer mes yeux en ces fontai-

C

nes que demandoit un Prophete. La tristesse
& la terreur, il est vrai, doivent regner dans
vos Ouvrages. Y a-t'il de la terreur dans
Bérénice ? Et quelle si grande tristesse trou-
vez-vous dans Alexandre ? Un grand Maître
auroit manqué dans un grand point, si le
précepte étoit aussi rigoureux que quelques-
uns le prétendent : Mais laissons à la préven-
tion adorer ses vieilles idées, & plutôt que
de troubler la paix, passons condamnation
du vrai en leur présence, & soyons consolez
de sçavoir, que l'art de remuer le cœur humain par quelque voye noble que ce puisse
être est du ressort du Poëte dramatique. Les
catastrophes sanglantes ne sont pas même ce
qui remuë le plus, quoique la mort soit ce
qui fait plus trembler la nature. Le pardon
qu'Auguste offre à Cinna m'a fait verser plus
de larmes que les fureurs d'Oreste, & que
toutes ces morts simulées, ou soit par le
fer, soit par le poison on me represente une
fin terrible.

Despreaux. L'amour toujours fertile en tendres sentimens

S'empara du Théâtre ainsi que des Romans.

Cant. Cata. On en a vû l'heureux effet (*fortis dilectio*
sicut mors) mais est-ce la source unique du
sublime, & l'intrigue jurée des Pieces qu'on

met au Théâtre ; Athalie & Esther subsistent sans cela, un Oedipe & une Electre qui ont paru heureusement sur le Théâtre François, ne sont pas des sujets tirez des Livres saints, & nous voyons cependant que leurs Auteurs ont assez compris que la reconnoissance d'un inceste, & la vengeance d'un pere assassiné pouvoient fixer l'attention pendant cinq Actes ; & si on a eu raison de refuser de plus grands applaudissemens à ces deux Ouvrages ; je croi que ce n'est que pour avoir trouvé des Amoureux là où ils n'étoient pas fort nécessaires, & qu'on fait disparoître je ne sçai comment. L'ascendant du goût du siecle leur en a attiré le blâme ; digne trahison qu'ont mérité les respectueux esclaves d'un préjugé sans fondement. Qu'on ne s'étonne donc point si je n'ai pas beaucoup cherché le langage des complimens tendres ; satisfait de le laisser à deux Epoux qui s'aiment mutuellement, & je me plains même d'en avoir tant dit, si l'on trouve qu'il n'y en ait point assez.

Je pardonne tout à la Tragedie, hormis de me faire rire ; mais que ceux qu'elle révolte ou fait rire, me rendent raison auparavant de la competence de leur Tribunal, ou du peu de respect qu'ils témoignent dans leurs ris trop prompts & peut-être de folie.

La cabale que certains, qui d'ailleurs font ennemis jurez, font contre des plumes nouvelles, eft une fource de plufieurs effets ; elle déclare la baffe jaloufie des prétendus maîtres de l'art ; car ce n'eft que parmi les petits efprits qu'elle fe mêle déguifée en mépris ou en pédanterie ; les Caffez font les Bureaux confacrez à leur Académie ; c'eft là que l'Abbé en manteau court acquiert à fon rabat la licence de donner dans toute forte de travers, & de débiter le mauffade fatras de fes vifions de Bibliotheque; & de l'autre part, les grands, qui à plus jufte titre prétendent que leur goût & leur éducation doivent décider , ne peuvent s'empêcher de rire en voyant, & la rage des cabaleurs, & l'étonnement d'un nouvel Auteur qui fe trouve au milieu d'une troupe de Cyniques qui aboyent fans relâche pour lui faire renoncer , ou prendre la fuite.

Venez à moi , grands Marchands de périphrafes & de fentences cauftiques, compilateurs d'anecdotes, & panegyriftes ennuyeux des tems paffez; vous me trouverez ou Uliffe , ou Ajax , felon que vous ferez d'humeur de me trouver ; mais croyez que je n'ai point de part à ce que tous ceux qui fçavent rire à vos dépens pourroient dire , ou contre vous , ou à mon avantage. Je vous

promets d'avance le triomphe, fi vous m'at-
taquez ; & fi parmi beaucoup de chofes que
vous reprendriez je trouve une ombre de raifon, j'en profiterai, fi toutefois j'ai le tems de
vous lire.

Il eft tems de finir une Préface qui m'ennuye moi-même ; c'eft pourquoi je me hâte
de pourfuivre, pour l'inftruction de ceux qui
en voudront profiter.

Incidit in Scyllam qui vult vitare Carybdim.　　　Horat

La crainte de l'oppofé a donné lieu à cette
trifte experience, que font ceux qui vont
chercher hors de la nature des fources qui ne
ne conviennent qu'aux déclamateurs des Eco-
les publiques, & qui reffemblent affez à celui
dont la jeune Afclite fe mocque fi hautement
dans la Harangue de la Pieté cruelle. Celui-
là rampe qui craint de s'élever, l'autre fe
perd dans les nuës pour éviter la baffeffe du
ftile ; pédanterie infupportable en tous les
deux, & qui fut reconnuë du tems d'Horace ; mais chaque fiecle empire en défauts.
Outre celui de l'imitation fervile notre fiecle
en a deux bien groffiers, l'un & l'autre accre-
ditez par goûts differens, mais que le goût
fouverain condamne.

L'un de ces défauts eft de vouloir trop in-

ſtruire, en prenant les choſes de trop loin,
& l'autre de faire trop d'honneur au Public,
en s'imaginant qu'il nous ſçaura plus de gré,
à meſure que nous lui donnerons plus ſou-
vent le plaiſir de découvrir lui-même le fond
de nos penſées. Dans le premier on ennuye,
dans le ſecond on extravague ; prenez le milieu entre ces extremitez, & vous aurez un
point, qui ne ſera ni indigne des aigles, ni
trop haut pour le vulgaire des oiſeaux : cou-
lez votre ſujet avec majeſté, mais point de
fracas dans votre éloquence, ſi la paſſion bien
conduite ne l'amene, & dans cette paſſion
même que tout y reſſente la nature ; n'allez
point pour briller hors de lieu, mettre dans
la bouche d'un déſeſperé des maximes d'une
morale tranquille ; ne croyez pas me ravir,
ſi après m'avoir fait voir un Colonel qui veut
armer un Régiment pour une ſédition, &
cela pour défendre une de ſes priſonnieres
que l'interêt de tous condamne à la mort,
vous faites éclater pompeuſement ſon amour,
en ordonnant à un de ſes Confidens de faire
entendre à ſes ſoldats, que c'eſt ſervir les
Dieux que d'obéïr à des Chefs, qui ſe ſont
ſoûmis à d'autres contre leſquels ils ſe révol-
tent : *Non erat hîc locus.* C'eſt une fleur qu'il
falloit avoir le courage de fouller ; la fureur

né raisonne pas de même, & c'est une fievre d'Auteur que ces redoublemens de veine. Aux admirateurs de ces éclairs je répéterai ce que disoit il y a trente ans l'Abbé Boileau. O goût ! ô vanité du siecle ! Qu'une flâme volage & légere s'éleve & périsse dans l'air, on se récrie ; & on ne se récrie pas de voir le Soleil rendre la lumiere au monde !

Mais ne nous étonnons plus d'une fausse admiration lorsque nous y sommes préparez par une fausse critique, & après avoir vû traiter de galimatias ce Vers si pompeux, où un Amant transporté, voyant son amour condamné par l'ombre de son Pere, dit à son Amante de venir aux Autels de l'Hymenée lui jurer une fidelité inviolable, & que là, aux yeux de tout un camp, il sçaura la proteger comme Epouse, & forcer le Tombeau d'Achille de céder aux droits sacrez de l'hymenée. Je croi, que s'il y a eu jamais du sublime, ç'en est là du plus rare, en dépit des ris immoderez d'une cabale, qu'un prétendu bel Esprit, à qui cette pensée ne plaisoit pas, avoit extorqué de la complaisance de quelques-uns de ses idolâtres. Ô tems, ô mœurs ! Où en sommes-nous juste Ciel ! Le déplacé triomphe, & le sublime fait rire. Où êtes-vous Horace & Despreaux !

Si les yeux étoient au ventre, la bouche aux talons, & les bras à la tête ; ce seroit un monstre parfait, qui reviendroit de l'assemblage des membres humains. Un Ouvrage où les pensées sont déplacées, ressemble exactement à ce monstre ; & comme la beauté du corps consiste dans une belle proportion des membres, celle d'un Ouvrage consiste dans une belle proportion de pensées. Le premier Acte d'Alcibiade fait tort aux autres ; de trop belles pensées font sentir une différence désavantageuse.

Despreaux
Mais dans l'art dangereux de rimer, & d'écrire,

Il n'est point de dégrez du médiocre au pire.

Le tout consiste à monter sa Lyre sur un certain ton, que Racine me paroît avoir attrappé ; quoique dans certaines occasions on puisse l'enfler sans discordance ; & il ne sert de rien de bien commencer, si on ne continuë, & ne finit de même ; ni de finir bien, si ce qui précede n'est digne de la fin.

Je croi que je me laisse entraîne à la vanité d'Auteur, & que même je deviens plagiaire en traduisant Horace : mais cessez de me faire mon procez sur ce point, ô vous qui ne voulez que du nouveau ; la répétition est permise, lorsque l'ignorance, ou l'oubli du précepte nous y autorisent.

Quantum potero voce contendam, ut hoc Populus Romanus exaudiat, dirai-je avec l'Orateur Romain. Depuis dix-huit siecles la regle est donnée, & depuis dix-huit siecles elle est violée de la plûpart. Helas! ils ne l'ont seulement pas lûë, & ils prétendent tenir le haut du Parnasse. Que manque-t'il à notre siecle? Un Héraclite, pour pleurer la décadence du goût; & un Démocrite, pour rire de la sotte vanité de ceux qui réüssissent contre la regle.

La Tragedie est le chef-d'œuvre de l'esprit humain, personne n'en doute, & tout le monde en veut faire: mais si l'on peut dire de celui qui l'inventa, ce qui a été dit de l'Inventeur de la Navigation:

Illi robur Adamantinum

Et æs triplex circa pectus erat. *Horat.*

Qu'il avoit un front d'acier, & la force d'Alcide pour n'être point troublé à l'aspect d'un Public capricieux, & accablé sous le nombre des envieux ou des ignorans. N'est-ce pas un spectacle bien ridicule, de voir des esprits gigantesques entasser Pélion sur Ossa, pour être bientôt écrasez sous les débris de leurs monceaux énormes, & faire, pour se relever, les mêmes efforts qu'Encelade, dont les secousses aussi impuissantes que les Apologies

de Pertharite & de Phocion , ou que les cor-
rections de l'Impertinent malgré lui , & de
Pierrot Céladon , font qu'on lui infulte toujours davantage ?

Le ridicule des Poëtes modernes n'eſt peut-
être pas aſſez connu , ou du moins aſſez con-
fideré ; on en riroit davantage. Leur verve
conçoit & enfante tout à la fois , & jamais
on ne lui voit faire l'humble aveu de Per-
ſe , qui ſeroit ſi bien dans la bouche de nos
Modernes :

    Nec fonte labra prolui Caballino ,

    Nec in biccipiti ſomniaſſe Parnaſſo

    Memini.

La démangeaiſon d'écrire les prend ; voilà
les Pygmées qui eſcaladent le fils d'Alcmene :
ils volent dans les cieux d'où ils pénétrent à
l'Empire de Pluton ; les ſiecles écoulez , & la
longue perſpective de l'avenir , les Chaldéens,
les Medes , les Aſſyriens , les Grecs , Rome,
Trébizonde , la Fable , la Cour , la Ville , la
Halle , tout vient ſous leurs yeux dans le même moment ; tout leur plaît , ou tout les re-
bute ; leur Cabinet eſt plein de chifons de papier , qu'ils appellent des *canevas*. Operez
donc , & faites - nous voir l'execution de
quelque deſſein joli & nouveau : ce ne ſera

pas fitôt ; leur imagination eft en échec fur un beau fujet, mais qui eft d'une féchereffe défefperante ; le fond en eft admirable, mais ils ne fçavent comment s'y prendre pour le traiter, & lui donner la jufte étenduë que l'execution de l'entreprife demande. Les grands Maîtres font charmez de les rencontrer, & y réüffiffent quelquefois, comme dans *Bérénice.* Rien ne les gêne, ils taillent en plein drap, tandis que nos Marfyas ne trouvent rien d'affez vafte pour embraffer. Ils raffembleront dans un jour tout ce que *Gautruche* mit dans fon Hiftoire Poëtique touchant l'amour des Immortelles. L'Appendix de Jouvency fur les Métamorphofes d'Ovide, le *Pantheum myticum*, les Notes de Renoüart, & les Dialogues de Lucien, voilà les fources. Que manquoit-il à notre tems que de voir *Hamoche* devenir le Héros de Durfé.

O l'heureux fiecle ! où le détail couvert du nom de varieté n'eft plus comme autrefois la fource d'un grand ennui, mais fe trouve accredité en France, aux plus beaux points de vûë où l'on puiffe l'expofer, & où les PETITS MAISTRES du Parnaffe, laiffant aux grands à traiter les petits fujets, fe font emparez des vaftes, fi toutefois le *Polyanthea* ne mérite que le nom de vafte.

Le croira-tu race future, que Corilas ait entrepris de faire voir en même lieu & en même jour, les évenemens de tous les siecles, & de rassembler tous les tems dans trois heures ?

Adam & Eve, quel sujet pour un Opera ! Andreini de Florence le dédia au Duc de Mantouë.

La mort d'Alexandre le Grand, quel sujet de Tragedie ! Quels Acteurs, que Ptolomée, Antipater, Démétrius & Statira !

Pompeia, César & Claudius (tu m'entends *Musarum Sacerdos*) quel beau sujet pris de Rome galante pour une Comedie !

La découverte du nouveau Monde par Christophe Colomb, quel beau champ pour Arlequin, surpris de voir toutes les Nations sortir d'une maison de bois !

Et enfin l'émulation des Théâtres, quelle carriere pour faire lâcher des platitudes à la Foire !

On eût vû Paris, l'Amerique, Rome, Babylone, & le Paradis terrestre, comme dans une Rareté ; sans compter les agrémens, la Musique du nouveau stile, LES JOLIES MUSETTES, les Chacones, les Loures, les Gigues, & le triage des Acteurs. Corilas avoit entrepris la Bigarrure ; mais un retour de bon sens lui a dit d'en rester au projet, crainte que le goût ne change, & Corilas très-prudent s'est épargné une peine inutile.

Il y a dix ans que Corbulon a entrepris une Tragedie ; il n'y a rien de plus pompeux que les deux premiers Actes ; j'ai bien peur que ce ne soit la tête d'Appelles. Corbulon a-t'il tort de respecter son sujet ? Non sans doute.

Le Monarque Crétois malgré sa fermeté
Regarde en pâlissant le bord qu'il a quitté.

Mesnard.

Il voit que tous ses Acteurs sont marquez au grand caractere. S'il alloit nous donner des Héros de sa fantaisie, nous lui mettrions cent mille Volumes contre, & je trouve qu'il y a de la prudence dans son retardement. Rien n'est plus difficile que de bien finir ; c'est, comme dit le vulgaire, la queuë de la Vache enragée. Il faut que chaque Personnage en particulier vous laisse une idée distincte, une couleur differente, & que tous ensemble forment un Tableau, où le Héros est le point de vûë, & où les autres Personnages ne doivent être frappez à grands traits, que pour relever ceux du Héros. Dans Rhadamiste & dans Britannicus, tout est caractere ; faut-il s'étonner de la fortune de ces deux Pieces ?

L'esprit de ces deux Auteurs, à qui appar-
tiennent ces deux Poëmes, a été quelquefois
l'objet de mes méditations dans l'article dont
il s'agit ; sçavoir dans la maniere de finir ; ou
leurs Scenes, ou leurs Actes, ou leurs Ouvrages ; & je croi pouvoir les comparer, l'un
au feu du ciel, & l'autre à celui de la grande
Artillerie.

Un grand bruit devance le coup que Racine frappe ; on le voit venir de loin ; c'est
la foudre qui gronde ; il tient l'esprit en
suspens avant que de finir, vous donne une
heureuse envie de l'écouter, vous tient longtems, & vous étonne en finissant.

L'autre, semblable à un feu souterrain écla-
te, & emporte comme une mine de bonne
chambre ; vous ne vous attendez pas à ce qu'il
va dire, il vous remuë sans ménagement, sans
préparation ; original en cela même, & fertile
en pareils traits. La fin de sa Tragedie de Pyrrhus est un moment bien agreable pour la
surprise ; & le dernier Vers de Zénobie au
quatriéme Acte, ainsi que la reconnoissance
de Pharasmane, sont une preuve de ce que
j'avance.

Corneille a fait neuf Pieces qui ont resté
au Théâtre, & Racine tout autant. Le premier n'a point fini par des fureurs ; l'au-

tre n'en a mis que dans Andromaque ! il seroit donc assez particulier qu'un Auteur qui
n'en auroit fait que deux , finît toujours par
des coups d'enragé. Je le soupçonnerois de travailler pour un Comedien qui n'auroit pour
talent que des larmes & des emportemens
d'Ecolier , s'il pouvoit se faire qu'il y en eût
dans le monde de cette espece ; & si le soupçon n'étoit pas mal fondé , je trouverois à
côté le mauvais original de son cadedis.

J'avouë qu'un Auteur est libre de finir
quand il lui plaît , pourvû qu'il finisse bien ,
& qu'il n'importe qu'il y ait trois ou cinq , ou
plus ou moins d'Actes ; c'est une observation
frivole que celle du nombre ; le principal est
de ne pas ennuyer le Spectateur : Tant pis
pour lui , s'il est résolu de n'entendre que
deux mille Vers passables , plutôt que trois
mille nécessaires & sublimes. C'est une idolâtrie pour les maximes d'un Maître , que de
les observer dans ce qui n'a point de raison ;
ainsi Horace pour avoir été suivi jusqu'à pré-
sent dans le nombre de cinq , qu'il a donné
pour la borne des Actes , n'en mérite pas
moins d'être réformé , si quelqu'un a desor-
mais besoin de la réforme.

Corneille a une maniere de finir qui me
plaît souverainement. Le Héros périt rare-

ment dans ses Pieces, & très-souvent le crime y est puni ; il n'y a que Polieucte & Séléucus qu'on peut plaindre ; encore produit-il un Converti pour consoler d'un Martir ; & une mere dénaturée, qui de rage prend le poison préparé pour son fils & pour Rodogune.

C'est ainsi qu'il convient de finir pour rendre la Tragedie digne de son institution. Phocas immolé au sang de Maurice, Photin à Pompée ; Rodrigue & Horace absous du meurtre d'une sœur ou d'un beaupere ; Emilie, Cinna & Maxime punis par de nouveaux bienfaits ; Nicomede, Arsinoé, Attale, Prusias, Laodice & Flaminius réconciliez, sont des catastrophes qui laissent une entiere satisfaction. Grimoald même qui rend le Trône à Pertharite & un Epoux à Rodelinde, n'est pas une catastrophe à dédaigner, malgré les malheurs de cette Piece. Corneille rendoit toujours ses fins brillantes par des traits de générosité, & n'a jamais laissé le couteau dans le cœur comme Racine, chez qui l'innocence périt trop souvent ; ce qui est d'un exemple très-dangereux, un peu moins à la vérité que celui où la tyrannie, le parricide ou la cruauté triomphent, mais autant à éviter que la punition du crime est à rechercher.

Iphigenie

Iphigenie sauvée & Athalie perduë sont dans la regle de la bonne morale. Il n'en est pas de même de Britannicus empoisonné , de Pyrrhus affaßiné, du pauvre Bajazet si *pieusement* étranglé ; & Hyppolite si aisément condamné par un pere. Il est vrai que les fureurs d'Oreste , les interêts de Monime , l'empoisonnement de Phedre , l'aßaßinat de Roxane , font moins plaindre la mort des Héros malheureux : mais pour Britannicus , certainement Néron y est trop ménagé ; le dernier Acte n'est pas digne des premiers. Je ris de voir Albine demander du secours pour Néron , qui pourroit se perdre par *caprice* , & de la compaßion d'Agrippine , elle qui n'en étoit point capable. Je voudrois außi dans Campiftron Colojean plus tourmenté ou Andronic & Irene moins sacrifiez.

Héraclius est peut-être la Piece que Solon eût le plus approuvée , s'il eût été de notre tems , lui qui avoit des idées si sublimes du Théâtre , & qui le regardoit comme une Ecole de vertu , & comme le plus terrible fléau des vices.

On ne peut pas changer les Histoires dira-t'on , paße : mais peignez à traits noirs vos Tyrans & vos Flateurs ; & qu'enfin ou votre art ou la fortune se déclarent pour l'innocen-

D

ce, & donnez horreur du crime par d'autres
traits que par la feule expofition. Occupez-
en une partie de la cataftrophe, comme il
a été affez bien obfervé dans Polieucte, où
Félix ne fe fauve de l'orage des reproches de
fa fille & de Sévere, qu'en renonçant à l'i-
dolâtrie.

J'ai obfervé cette regle, que je fouhaiterois
établir déformais dans toutes les Tragedies;
car quoique Bélifaire vienne d'être immolé
par Juftin, je ne fais plus paroître cet envieux ennemi de mon Héros; je fuppofe même, qu'il s'eft jetté dans la mer pour éviter
la fureur des foldats; & le lâche Empereur
qui avoit pû foupçonner & haïr l'innocent,
eft accablé par quatre Perfonnages dont deux
fe tuent à fes yeux, & dont le trépas l'épou-
vante; un autre l'abandonne, & le dernier
lui annonce le plus terrible avenir. C'eft
pendant toutes ces horreurs que le crime en
proye à fes remords commence fon enfer,
& reçoit le prix de la plus lâche ingratitude.
C'eft depuis ce moment que toute la haine
tombe fur le Tyran, & qu'on a plaifir de le
voir abandonné, menacé & méprifé, & qu'
enfin on plaint la foibleffe humaine, fans toutefois ceffer de regretter les vertus de l'innocence opprimée.

Il y a de prétendus beaux Esprits qui disent, qu'il est plus aisé de faire une bonne Tragedie, qu'une bonne Comedie ; & cela, parce qu'ils s'imaginent qu'il y a plus de Tragedies que de Comedies qui ont fait fortune : mais c'est un problême que je croi pouvoir résoudre contre eux en passant.

Qui doute que le Poëte ne soit moins gêné dans la Comedie que dans la Tragedie, soit pour le terme, soit pour la rime. L'Auteur de Pierrot Céladon n'a-t'il pas mis chopinette pour chopine, & brebinette pour brebis ? N'est-il pas permis à un Auteur du Comique d'augmenter ou de diminuer une idée par les terminaisons du mot qui l'exprime ? Un couteau est le mot naturel, un coutelas ou un coutelet, peuvent entrer dans une Comedie, ils sont bannis du sérieux. D'ailleurs, l'équivoque, les sens interrompus, les Vers durs, les polissonades, *les Tétons rondelets*, le *Bois touffu de la Futaye bouclée*, la *cheville ouvriere de Madame Thomas*, les *neuf Mois aussi*, le *vous ferez de ma Fille tout ce qu'il vous plaira*, ont plus de partisans que les belles maximes du haut Théâtre. Quelles ressources à la Tragedie que la Comedie n'ait point?

Dans le Comique on peut charger le caractere, ce qu'on ne peut faire dans le Tragi-

D ij

que. Atrée a déplû par-là. Une intrigue peut
être lardée d'Episodes, d'un Gascon, d'un
Coquelet, d'un Tout à bas, d'un Philosophe,
d'un Médecin, & conduite par un détail,
qui ennuyeroit dans la Tragedie. D'ailleurs,
tout le monde cherche à rire, & se prête vo-
lontiers à un Poëte, ne dit-il pour bon mot
que *Carogne*, ou *Cornard*, ou Charge de *Se-
cretaire du Roi*. Le stile sérieux est serré &
noble : il en coûte pour arriver-là.

Le Comique est diffus, populaire, plein de
Proverbes & de fadaises;il ne faut qu'examiner
ses voisins,& être l'Historien de ce qui se passe
tous les jours dans une Ville ; les incidens
grotesques y peuvent être amenez par les che-
veux : en un mot, au siecle où nous sommes,
le ridicule est plus que le grand dans l'ame
d'un Auteur, & par conséquent passe à sa
plume avec beaucoup plus d'aisance.

D'autre part, si l'on considere ce qui a été
pratiqué jusqu'ici, l'on verra que la Comedie, très-souvent exempte du joug de la rime, a beaucoup soulagé ses Auteurs heureux ; & certainement la Poësie me paroît
dégradée, lorsqu'on l'employe au Comique.
Ce sentiment est un peu dur, & soulevera
bien d'estomacs accoutumez à digerer seulement du Regnard, du Quinault, du Té-

rence , ou du moderne moins bon : mais si le Misantrope , le Tartuffe , l'Ecole des Femmes , l'Ecole des Maris & Amphitrion , font honneur à Moliere ; la Princesse d'Elide , l'Avare , le Médecin malgré lui , le Mariage forcé & le Malade imaginaire , ne lui ont pas fait du tort. Qu'on en dise ce que l'on voudra , j'ai moins ennuyé à ces dernieres ; peut-être aussi la Comedie Italienne n'a-t'elle eu des Partisans que par cette difference , & par cela même elle a passé pour plus naturelle.

C'est donc un avantage refusé encore à la Tragedie , à moins que l'on ne dise que la Poësie coûte beaucoup moins que la Prose : je ne pense pas qu'il y ait des insensez assez singuliers pour oser le prétendre , si ce n'est ceux qui ne peuvent atteindre à l'art des Vers.

Mais pourquoi , dira quelqu'un , ne pourroit-on pas faire des Tragedies en Prose ? Grace , on ne sçait que répondre à un problême qu'on ne peut nier absolument : mais grace encore une fois , la Presse n'a que trop gémi des Ouvrages ennuyans qu'on l'a forcée de mettre au jour. Quel déluge de Tragedies ! Il faudroit une Academie entiere pour examiner ; nous n'en sommes pas capables , eh de grace ménagez-nous Prosaïstes Tragiques.

Il me semble voir les sapins du Théâtre se
fendre de douleur, d'entendre Melpomene
débiter une marchandise d'où la rime seroit
absente, & des périodes sérieuses dans la bouche des Comediens qui n'auroient ni hémy-
stiches pour s'arrêter, ni mêmes sons pour
éclater : loin donc les Tragedies en prose, à
moins que cette prose ne soit digne de l'Auteur de Télémaque, & que tous les Comediens ne soient des *Barons*, & les Comedien-
nes des *Lecouvreurs*, ce que nos Neveux ne
verront jamais.

Finissons en donnant la préférence à l'Auteur Tragique. Il lui est très-difficile de sou-
tenir une Piece, ne fût-ce qu'en cinq Actes;
le troisiéme est son écuëil. Il faut que quelque chose de précédent s'y décide pour sou-
lager l'esprit, que de nouveaux interêts sem-
blent préparer de nouvelles choses, & y ren-
verser les premiers ouvrages de la fortune.
Je pourrois m'autoriser de l'exemple de plu-
sieurs Pieces qui ont réüssi ; mais suive le
principe qui voudra, le goût ne doit point
être déterminé dans un genre si susceptible
de varieté. Pour moi j'ai adopté ce principe
dans ma Tragedie. Deux fois Bélisaire y fait
trembler pour lui; deux fois l'esperance vient
au Spectateur que l'innocent ne périra pas;

la nouvelle de fa cataftrophe eft une cataftrophe encore plus terrible , & jamais l'efprit
ne pouvoit être plus puiffamment tranfporté
de paffion à paffion, que par la Scene ante-
penultiéme du dernier Acte ; l'horreur ne
défempare plus du Théâtre depuis ce moment , & y vient même fous l'apparence de
la tranquillité ; c'eft en vain que le Spectateur
voudroit refter infenfible , il fe fent frapper
malgré lui d'un fi prodigieux changement :
ces coups couverts font au Théâtre d'une
force admirable :

Soldats du Dieu vivant défendez votre Roi.

Eft un Vers qui fait trembler Athalie , & le
plus remarqué par la raifon que je viens de
dire : Athalie ne s'y attendoit pas.

Quant à l'ordre des évenemens , j'avouë
que je n'ai point fuivi l'Hiftoire en tout, quoique je n'aye inventé que la mort de Plotine
& de fon fils. Ma Piece ne porte point les
noms de ces Perfonnages , & j'en puis faire
ce que je juge à propos , fans choquer la vrai-
femblance ou l'honnêteté.

J'imagine d'abord que la prife de Ravenne ; mais une feconde prife eft la derniere
action guerriere de mon Héros , & dans ce
fyftême , voici l'hiftoire de la journée que
je reprefente.   D iiij

Justinien vient dire à son neveu Justin, qu'il veut remettre l'Empire entre ses mains, qu'il est vieux, & que l'amour qu'il a pour Plotine le précipitera infailliblement au tombeau, & ensuite l'envoye à Ravenne partager le commandement, pour le faire connoître à l'armée. Ravenne étoit prise de ce moment, & Bélisaire faisoit une diligence incroyable pour arriver à la Cour. Ayant laissé une partie de l'armée en Italie pour contenir les vaincus ; il embarqua l'autre sur le Golfe Adriatique, & la flotte se trouva aussitôt que lui à Constantinople.

Justin, amoureux de Plotine, haïssoit Bélisaire son époux ; & depuis la confidence que Justin lui avoit faite, il ne songea plus qu'à perdre l'Epoux & le Rival à son retour de Ravenne. Prêt à partir il voulut mettre Tribonien dans ses interêts ; il y trouva plus de résistance qu'il n'esperoit y trouver de service. Sur ces entrefaites, Fauste ami de Justin arrive, pour annoncer à l'Empereur la prise de Ravenne, qu'il avoit lui-même apprise d'un Courrier tombé malade à quelques journées de Constantinople ; ce Courrier arriva bientôt après sur les traces de Fauste, qui n'en sçavoit rien : ce même Fauste avoit trouvé Justin qui alloit partager le commandement, lui avoit fait rebrousser chemin, & annoncé la fin de la guerre. Justin au desespoir lui confia ses chagrins, & ce lâche ami vendu au crime, lui offrit ce que Tribonien lui avoit refusé; en effet, il accusa Bélisaire. L'Empereur qui étoit soupçonneux, encore plus que le Pygmalion de Tyr dont parle M. de Cambray, crut ce qu'on voulut lui faire croire; & Bélisaire étant arrivé, ce qui fut le même jour, il le reçut, non plus comme autrefois sur un Trône d'or, lorsqu'au retour de la guerre des Vandales, il amena deux Rois captifs; mais avec mépris, le traitant d'infidele, & lui faisant arracher les marques de son triomphe. Il fit assembler un Conseil pour juger le crime prétendu de ce Général; mais comme la jalousie avoit la plus grande part à un procedé si indigne, il voulut tromper Bélisaire en lui offrant le pardon, à certaines conditions qui l'auroient rendu coupable aux yeux du peuple, si dans la suite il avoit voulu traverser l'Empereur dans ses amours. Bélisaire & son Epouse tromperent toutes les adresses du fourbe; le Conseil fut assemblé, & Fauste, convaincu par Dorothée, y reçut dans sa mort le prix de sa calomnie. Justin fut envoyé dans les fers pour avoir porté Fauste à accuser l'innocent; car

ce malheureux à l'aspect des supplices décou-
vrit tout le mystere d'iniquité : mais Justinien
qui ne pouvoit souffrir Bélisaire auprès de
son Epouse dont il étoit amoureux , voulut
le faire repartir le même jour pour faire la
guerre aux Anglois , qui étoient tranquilles
chez eux. Celui-ci refusa le commandement,
& Justinien le dégrada , l'envoya en exil , &
lui demanda son fils pour ôtage , esperant
que la mere resteroit auprès de l'enfant : mais
Plotine étoit obstinée à suivre son Epoux a-
près avoir recommandé son fils à Tribonien.

L'Empereur toujours en proye à sa passion,
conjuroit Plotine de ne point partir , lorsque
Bélisaire le trouva aux pieds de son Epouse.
A cet aspect cet homme intrepide & jaloux,
n'usa plus de retenuë ; & comme il ne croyoit
rien d'impossible à son grand courage , il me-
naça Justinien de réduire son Palais & son
Trône en cendre. Le trouble se répandit , les
soldats demanderent leur cher Général , &
enfoncerent les portes des prisons d'où Justin
déguisé en femme se sauva par l'erreur des
soldats qui croyoient délivrer Plotine : mais
enfin le trouble fut appaisé par la présence de
Bélisaire.

Justin sorti des fers saisit le moment favo-
rable d'offrir secours à l'Empereur : celui-ci

le chargea de desarmer les soldats, & de faire mourir les plus mutins, épargnant toutefois Bélisaire, ce qu'il disoit de crainte (car Justinien n'étoit qu'un lâche dans le fond).

Justin ce traître, dont la rage s'étoit accruë dans les malheurs, fit crever les yeux au Général malgré l'ordre qu'il avoit reçu. Plotine, qui ne pouvoit survivre à son malheur, vint à l'Empereur pour se tuer à ses yeux; Tribonien quitta la Cour; & le vieillard Dorothée, qui avoit été Courtisan d'Anastase, vint prédire à Justinien les malheurs de Constantinople & sa mort prochaine; car se voyant sans Cour & sans force, il mourut peu de tems après, sans successeur, Justin s'étant jetté dans la Mer noire.

Qu'on dise qu'il n'y a là-dedans rien de vrai, je le passe; c'est pourtant le sujet de ma Tragedie, qui avec toutes ces faussetez pourroit être bonne.

J'espere que si je puis réünir la haine contre Fauste & Justin, la pitié sur le jeune Bélisaire, l'amour sur Dorothée & sur Tribonien, que les Loix appellent *virum excelsum;* l'admiration sur Plotine & Bélisaire; & les plaintes de compassion sur Justinien; je serai venu à bout d'une entreprise non tentée, & d'avoir renouvellé une histoire de la plus

éclatante disgrace où un innocent puisse tomber ; car enfin Bélisaire ne fut jamais infidele à son Prince, & ce n'est qu'en pleurant
qu'on peut lire l'affreux renversement de ses
affaires.

La réflexion que la morale en fait naître,
c'est que ceux qui publient les plus belles
Loix, en sont d'ordinaire les plus criminels
prévaricateurs.

HARANGUES

FAITES

DANS LE TEMS DE SON DE'BUT

par M. BANIÈRES,

Affiché sous le nom de l'Acteur TOULOUSAIN.

LORSQUE je me proposai de monter sur le Théâtre François, je prévis les obstacles qu'on me préparoit. On me débita d'abord comme un jeune homme, qui n'avoit que de la folie pour talent ; mes Lettres contrefaites & divulguées avoient été la source de mille systêmes ; qui ne sçait ce que les mauvais plaisans sont capables de répandre ? Je ne portois point l'épée, parce que je n'avois aucun droit de la porter ; & pour être trop conforme aux Ordonnances de nos Rois, je passai pour un homme d'une naissance des plus obscures : tranchons le terme, pour un manant, sans éducation & sans honneur ; comme fi les qualitez de l'efprit & du cœur dépendoient d'un fer de trois pieds de long. Il falloit pourtant paroître en public ; j'étois fûr de me faire diftinguer parmi quelques Rivaux , fi la malice la plus noire ne m'eut, par un coup horrible, forti de mon affiette naturelle. D'ailleurs , je fçavois une cabale payée de Garçons Cabaretiers , de Valets de Chambre , Bouchers , gens fans aveu , Symphoniftes de Guinguette , Filles célebres par leur joye, & autres de cette importance : c'eft pourquoi je voulus faire connoître , qu'en cas que l'envie prévalût , j'étois au-deffus de mon Métier par quelques connoiffances ; & c'eft ce qui me fit compofer la Harangue dont le fuccès fit pâlir plus d'un vifage. La modeftie, qui me la fit tenir fecrette, ainfi que ma feconde, m'a été funefte ; car on en a compofé certaines dont le fond des penfées eft de moi ; mais les folecifmes & les conftructions font d'un autre. Voici donc mes propres enfans , mais que je n'aurois jamais produits fans le tort qu'on m'a voulu faire en défigurant leurs traits.

PREMIERE HARANGUE.

Bien des chofes, MESSIEURS, fem-
bloient devoir m'interdire l'honneur que
je brigue aujourd'hui de paroître devant vous.
La multiplicité des Concurrens, un préjugé
qui attache un caractere fi particulier aux
gens de ma Province, la foibleffe d'un talent
inculte, la difproportion de mes forces & des
difficultez qu'il y a à faire revivre l'héroïfme
infatigable du féroce Roi de Pont, certains
interêts que je me veux déguifer pour con-
ferver la paix, & le refte des manœuvres
qu'on fçait bien ; tout confpire à marquer ou
une témérité de jeune homme, ou un triomphe d'autant plus éclatant qu'il eft moins at-
tendu.

D'un côté tout le rifque fe fait fentir à
mon ame étonnée, de l'autre l'efperance m'é-
leve contre les phantômes d'une prévoyance
pufillanime.

L'alternative s'augmente encore lorfque je
jette les yeux fur ce grand modele, dont la
vieilleffe la plus defirable n'a ni défiguré les
traits, ni obfcurci le mérite. En moi, me
dis-je quelquefois, la même intelligence fait
mouvoir les mêmes refforts, eh pourquoi

plus de travail ne pourroit-il pas élever moins de difpofition ; mais la chimere s'évanoüit, quand je fais réflexion au privilege des premiers venus. O ! pourquoi le deftin févere recula-t'il le tems de ma naiffance, me privant du bonheur de former mon goût fur des exemples plus fréquens ? Je n'ai vû qu'une étincelle de cet incendie, qui par lui embrafa le Théâtre François, & qui porta dans le cœur humain, & le trouble, & toutes ces paffions qu'il n'exprima fi bien, que parce qu'il les reffentit dans l'illufion qu'il fçut s'en faire.

Au défaut du deftin, je ne puis me retirer que vers vous, MESSIEURS : Votre Ecole toujours ouverte à l'émulation ; n'eft-elle pas celle où il apprit lui-même à vous charmer? Prouvez-moi donc aujourd'hui dans lequel des deux je m'abufe, ou lorfque j'efpere, ou lorfque je tremble. Vous êtes trop indulgens pour méconnoître ce que je pourrois produire de paffable, & trop connoiffeurs pour vous laiffer ébloüir par des apparences vaines.

Je viens donc pour me foumettre fincerement à vos Arrêts, pour puifer dans vos décifions la parfaite idée du brillant & du vrai, perfuadé de votre defintereffement, & que vous êtes très-capables de vous élever au-
deffus

deſſus du préjugé, de diſtinguer les copies inſipides, des véritables originaux que la nature ſeule a droit de former ; les eſclaves éternels d'un art forcé, des enfans légitimes du ſentiment, & que vous permettez à tous les climats de produire des êtres qui penſent.

Eh pourquoi craindrois-je de paroître devant votre Tribunal redoutable, mais toujours infaillible malgré la voix ſuperbe de tout amour-propre, lorſque la ſoumiſſion entiere à vos oracles eſt l'objet juré de mes uniques plaiſirs ; & qu'enfin, étant ce que je ſuis, je ne puis, ni ne dois connoître de gloire ni d'avantage que dans le bonheur de vous plaire ?

Honorez-moi de grace de votre attention & d'un peu de cette bienveillance qui vous eſt ſi naturelle.

Après cette Harangue, je repréſentai le rôle de Mithridate. Un Acteur qui me fuyoit pour déranger mon jeu, arrêté par moi ; un autre qui rioit derriere ſon chapeau par naturel ; un troiſiéme qui de l'Amphithéâtre faiſoit la parodie de mes geſtes, exciterent de grands éclats de rire que je voyois ſans peine. Monime pleura encore moins que moi, qui riois avec tout le monde : on ne pouvoit

E

tenir contre la deſtinée d'un jour ſi comique;
ſoit que je me fuſſe trompé en joüant Mithridate en Capitaine de Brigands, ou que les
Rieurs fuſſent priez, il y avoit plus du dernier à ce qu'il me parut par les applaudiſſe-
mens que je reçus à l'endroit le plus difficile
du rôle; & cela me fit conclure, qu'il étoit
en mon pouvoir de corriger le defectueux
que j'avois apporté de la Province; c'eſt pourquoi à la fin de la Piece j'allai dire :

MESSIEURS , quelqu'humiliante que ſoit
une leçon dans une premiere entrepriſe, j'oſe
vous inviter à venir voir Samedi ſi j'en ſçais
profiter , dans le même rôle.

Ceux qui m'avoient porté les premiers
coups , craignant que je ne priſſe heureuſe-
ment ma revanche (car ils ne ſont pas dé-
pourvûs de connoiſſance s'ils le ſont d'huma-
nité) firent afficher Iphigenie , moins pour
me faire joüer Achille, que pour donner lieu
à un autre de joüer Agamemnon; & par là
ils eſperoient me donner le coup de grace
dans la comparaiſon. Moi, qu'on n'avoit point
conſulté ſur l'Affiche, je rompis les meſures,
en propoſant de joüer Agamemnon; je l'appris en vingt-quatre heures, comme il parut
par le froid répandu dans le dernier monolo-
gue.

Imaginez-vous ici la volteface du Public & des Comediens : On s'empressa de me féliciter ; mais un cœur peu sensible à l'injustice ne l'est point à la flaterie. Je vis le second jour du même œil que le premier ; & quoique je ne fusse point sorti de dessus la Scene sans applaudissement, je n'étois pas content de moi-même, & voulus absolument rejoüer le rôle, que je fis mieux que la premiere fois, à la réserve du couplet avec Iphigenie au quatriéme Acte ; car l'Actrice qui joüoit Iphigenie ne trouva pas à propos de mettre des entrailles dans ce qui le précede, quoique je l'en eusse priée par deux fois, & qu'elle me l'eût promis. Elle renonça à briller, pour ne pas exciter en moi les larmes qui m'avoient fait honneur la premiere fois. Comme je vis que c'étoit par malice, j'en fus si indigné, que je ne pûs me faire l'illusion qui eût suppléé à son défaut : je l'excuse toutefois, depuis que j'ai sçû, que son Précepteur le lui avoit défendu.

Je n'aurois jamais fini si je voulois parler de mon début, c'est une histoire des plus plaisantes & destinée à un autre loisir ; ce seroit ma foi bien pire que Gil-Blas ni le Roman comique. On a voulu en parodier le commencement à la Comedie Italienne ; mais il n'y a rien de vrai que la lettre : cependant voici ce que j'allai dire , après avoir affez bien réüffi dans la troifiéme Reprefentation.

SECONDE HARANGUE.

Messieurs,

Je reconnois toujours la force de votre Tribunal , le ridicule y trouvera fon fléau, le bon fa récompenfe , & les difpofitions de quoi encourager ceux qui en ont.

Depuis huit jours , Messieurs , j'ai eu l'honneur de reprefenter devant vous les Perfonnages des deux plus illuftres Rois, dont parlent les Hiftoires Grecque & Romaine, & j'ofe dire , que , dans mon deftin, j'ai rencontré quelque chofe de femblable au leur.

L'un , terrible & jaloux , fit la fortune de Sylla , la réputation de Lucullus & l'héroïfme de Pompée ; mais quoique plus grand que fon fort , il vit précipiter fa chute au milieu des vaftes projets qu'il formoit de mettre le Capitole en cendre. Ayant trois Concurrens en tête , moins importans à la vérité que les trois Héros des derniers tems de la République , je n'ai pas eu un meilleur fuccès, & mal-

gré mes bons deſſeins , j'ai vû d'abord les fu-
nerailles de mon émulation.

L'autre fier & Chef d'une Armée dè tant
de Rois conjurez contre Pergame , n'obtint
les vents qui devoient les y conduire , qu'a-
près avoir ſacrifié le plus cher objet de ſes eſ-
perances.

Et vous comprenez ſans doute , M E S-
S I E U R S , que ce n'eſt qu'en ſacrifiant de
mon côté mes propres idées , ces filles ſuper-
bes de l'inexperience , que j'ai pû obtenir des
marques de votre bonté.

J'enleverai d'une terre étrangere, cette belle Hélene pour qui tant de Rivaux diſpute-
rent , & la remenerai au païs marqué par la
témérité de ſes Raviſſeurs , ſi dans la route
déja commencée , vous daignez toujours me
conduire & m'apprendre vous-même le ſe-
cret du triomphe.

Ne croyez pas pourtant que je me perſua-
de , M E S S I E U R S , que ce changement ,
qui m'a paru vous ſurprendre , doive être at-
tribué à un mérite dont je reſſens la médio-
crité : rendez-vous juſtice à vous-même ;
quand une lumiere auſſi grande que la vôtre
fait briller ſes traits , quelles ténebres ſi pro-
fondes n'en ſont diſſipées ?

Mon aveuglement va diſparoître , ſi votre

inexorable bonté , par mille humiliations ;
plus cheres pour moi que la flaterie ne l'eſt à
des cœurs indignes , m'inſtruit à mes dépens ;
que votre approbation étant ce qu'il y a de
moins équivoque dans l'univers , mérite les
plus grands travaux & les plus rudes épreuves pour la conquerir : trop heureux enfin ſi
à ce prix je puis m'en prévaloir dans la ſuite.

Continuez , MESSIEURS , ſoyez toujours
la terreur du ridicule & du médiocre , pour
aſſûrer à votre bon goût le plaiſir de ne voir
paroître ſur ce Théâtre , que des Sujets dignes
de s'y montrer. Je ſuis bien loin de cette
gloire ; mais ſi vous daignez accorder un peu
de tems à mon émulation , ou le Sujet do-
cile ne pourra être façonné , ou j'en dois
croire le préjugé qui me flatte , & la réüſſite
d'un ouvrage que vous avez déja commencé.

Ces deux Harangues parurent à leur place , & la derniere eut tout l'effet que j'en
attendois ; mais on ne manqua pas de me
choiſir un rôle peu convenable à mon jeu,
& qui eſt l'écüëil à Paris , c'eſt Pyrrhus d'Andromaque. Tout étoit renverſé dans cette Piece. Oreſte étoit froid, Andromaque
pas plus haute que mon genou, Hermione
digne des tranſports de Pyrrhus ; mais le Pyr-

rhus n'étoit gueres tendre pour la veuve d'Hector. Malgré tant d'incongruitez, je fis pourtant voir que le quatriéme Acte pouvoit être applaudi; cependant je ne joüai pas ce rôle aussibien qu'Agamemnon. Pourquoi la nature m'a-t'elle fait sans tendresse, ou que ne m'en inspire-t'on?

Je me relevai avec avantage dans le rôle du Grand-Prêtre dans la Tragedie d'Athalie; & quoiqu'on m'eût refusé la répétition, comme on avoit fait par le passé, on sema le bruit que c'étoit moi qui l'avois refusée; mais heureusement j'avois vû joüer le rôle à M. Baron, & je trompai encore mes ennemis.

Je voulois finir par Acomat dans Bajazet, puisque, ni Cinna, ni Nicomede, ni Héraclius, ni Manlius, ni Electre, ni Atrée, ni Régulus, n'étoient point sur pied, & qu'aucun ne veut apprendre. On me faisoit toujours tomber dans les rôles les plus critiques; c'est pourquoi par nécessité je joüai Acomat. Tout le monde sçait qu'on renvoya le moins 1500. livres de recette ce jour-là 8. Juillet. J'avois fait afficher une Haraugue pour faire perdre un pari à un Comedien, qui chantoit dans la ruë que la chambrée ne seroit pas de 300. livres, & qu'on ne feroit pas les frais: mais il fut plus fin qu'on ne me crut pédant, avec mes Harangues éternelles ; car voyant trois Loges loüées depuis le matin , il fit manquer la Représentation , en défendant à sa femme de joüer , & les Pauvres perdirent 400. livres ce jour-là par la fantaisie d'un seul homme.

La Représentation qui avoit manqué le 8. fut renvoyée au 10. mais l'Affiche ne promettoit plus la Harangue , puisque le pari ne subsistoit plus ; & comme j'entrois sur le Théâtre , on vint me dire que M. le Lieutenant Général de Police avoit défendu , & m'envoyoit défendre de faire de Harangues. Cet ordre , donné ou non , fut reçu de moi avec la soumission que je dois à mes Superieurs ; cependant on vouloit me mettre dans le danger de déplaire au Public ; ou de contrevenir à un ordre qu'on supposa vraisemblablement ; c'est pourquoi on alla exciter dans le Parterre la curiosité d'entendre la Harangue promise pour le 8. J'étois assez embarassé de l'entendre demander si haut à la fin de la Piece , lorsque pour faire cesser la crierie , le conseil le plus prompt fut celui qui me servit le mieux.

J'avoüe que j'étois bien en colere contre ceux qui excitoient le Parterre , & j'allai me venger en ces termes.

MESSIEURS,

Il est vrai que l'Affiche deux fois de suite, la premiere fois par mon ordre, & la seconde contre mon gré, vous a promis ce qu'elle ne vous promet pas aujourd'hui, & que vous me faites l'honneur de me demander; mais les tems sont changez, & vous sçavez trop bien, MESSIEURS, que ce qui a lieu dans une occasion, n'a pas toujours lieu en d'autres. Ceux qui ont le droit de commander m'ont interdit cette liberté; c'est pourquoi agréez, MESSIEURS, que je me contente de vous demander la CONTINUITÉ de votre protection, si vous daignez me l'accorder, pour prix de mon obéïssance, tous les faux systêmes qu'on invente contre moi ne sçauroient me nuire, & il est d'autant à présumer que leurs Auteurs seront payez de votre mépris, que ceux qui cherchent à vous plaire seront encouragez de vos applaudissemens.

Qui amat periculum peribit in eo. C'est pourquoi il étoit tems de ne plus m'exposer à de nouvelles avanies du côté de l'envie. Ma Retraite prudente fut par elle appellée Con-

ge, mes talens le fruit de ses Leçons, &
mon Eclipse l'effet de sa puissance. Le tems
& la Cour feront voir qui de nous se trompe, puisqu'il n'est point de si sourde cabale
que les années ne démasquent, & que l'au-
torité & la justice ne confondent.

FIN.

APPROBATION.

J'Ai lû par ordre de Monseigneur le Garde des Sceaux un Manuscrit qui a pour titre : *Discours préliminaire sur la Tragedie de Bélisaire*; j'ai crû qu'on pourroit en permettre l'impression. A Paris le sixiéme Août mil sept cent vingt-neuf.

MAUNOIR.

PRIVILEGE DU ROY.

LOUIS par la grace de Dieu, Roi de France & de Navarre, à nos amez & feaux Conseillers, les Gens tenans nos Cours de Parlemens, Maîtres des Requêtes ordinaires de notre Hôtel, Grand-Conseil, Prevôt de Paris, Baillifs, Sénéchaux, leurs Lieutenans Civils, & autres nos Justiciers qu'il appartiendra, Salut : Notre bien amé le Sieur BANIERES, l'un de nos Comediens François, Nous ayant fait supplier de lui accorder nos Lettres de Permission pour l'impression d'un *Discours préliminaire sur la Tragedie de Bélisaire*, *annoncée dans le Mercure du mois de Juin dernier*; offrant pour cet effet de le faire imprimer en bon papier & beaux caracteres, suivant la feüille imprimée & attachée pour modele, sous le contrescel des Présentes, Nous lui avons permis & permettons par ces Présentes de faire imprimer ledit Livre

ci-dessus specifié conjointement ou séparement, & autant de fois que bon lui semblera, sur papier & caracteres conformes à ladite feüille imprimée & attachée
sous notredit contre-scel, & le vendre, faire vendre
débiter par tout notre Royaume, pendant le tems de
trois années consécutives, à compter du jour de la
datte desdites Présentes. Faisons défenses à tous Libraires & Imprimeurs, & autres personnes de quelque qualité & condition qu'elles soient, d'en intro-
duire d'impression étrangere dans aucun lieu de notre obéïssance ; à la charge que ces Présentes seront
enregistrées tout au long sus le Registre de la Com-
munauté des Libraires & Imprimeurs de Paris, dans
trois mois de la datte d'icelle ; que l'impression dudit Livre sera faite dans notre Royaume & non ailleurs ; & que l'Impetrant se conformera en tout
aux Réglemens de la Librairie, & notamment à celui du 10. Avril 1725. & qu'avant que de l'exposer
en vente le Manuscrit ou Imprimé qui aura servi de
Copie à l'impression dudit Livre, sera remis dans le
même état où l'Approbation y aura été donnée, és
mains de notre très-cher & féal Chevalier, Garde
des Sceaux de France le Sieur Chauvelin ; & qu'il en
sera ensuite remis deux Exemplaires dans notre Bibliotheque publique, un dans celle de notre Châ-
teau du Louvre, & un dans celle de notre très-cher
& féal Chevalier, Garde des Sceaux de France le Sieur
Chauvelin ; le tout à peine de nullité des Présentes:
Du contenu desquelles vous mandons & enjoignons
de faire joüir ledit Exposant ou ses ayans cause,
pleinement & paisiblement, sans souffrir qu'il leur
soit fait aucun trouble ou empêchement. Voulons
qu'à la Copie desdites Présentes qui sera imprimée

tout au long au commencement ou à la fin dudit Livre, foi soit ajoûtée comme à l'Original. Commandons au premier notre Huissier ou Sergent de faire pour l'éxecution d'icelles tous Actes requis & nécessaires, sans demander autre permission, & nonobstant clameur de Haro, Chartre Normande & Lettres à ce contraires. CAR tel est notre plaisir. DONNE' à Versailles le seiziéme jour du mois de Septembre, mil sept cent vingt-neuf. Par le Roi en son Conseil.

SANSON.

Registré sur le Registre VII. de la Chambre Royale & Syndicale de la Librairie & Imprimerie de Paris, conformément au Réglement de 1723. qui fait défenses Art. IV. à toutes personnes de quelque qualité qu'elles soient, autres que les Libraires & Imprimeurs de vendre, débiter, & faire afficher aucuns Livres pour les vendre en leurs noms, soit qu'ils s'en disent les Auteurs ou autrement: & à la charge de fournir les Exemplaires prescrits par l'Art. CVIII. du même Réglement. A Paris le 3. Octobre mil sept cent vingt-neuf.

P. A. LE MERCIER. Syndic.

De l'Imprimerie de J. B. LAMESLE, ruë vieille Bouclerie, à la Minerve. 1729

www.ingramcontent.com/pod-product-compliance
Lightning Source LLC
Chambersburg PA
CBHW070811260626
47161CB00006B/2242